사랑이 아닌 순간이 있을까

사랑이
아 닌
순간이
있을까

글·그림

수수하다

21세기북스

차 례

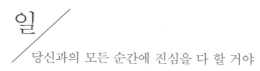

일

당신과의 모든 순간에 진심을 다 할 거야

이

/ 너에게 들키고 싶지 않은 찌질한 내 마음

삼 /

/ 텅 빈 마음은 무엇으로 채워야 할까?

사

매일의 사랑을 모아 튼튼한 마음 찾기

소홀하지 말아요

오늘의 사랑에

하루를 돌아봤을 때
특별히 기억에 남는 감정이 있다는 것은
사랑 가득한 하루를 보냈다는 증거일지 몰라요.

어떤 감정이든 마음속 깊이 들어와
기억에 남는다는 것은
적어도 감정을 느끼는 그 순간,
온전하게 진심이었다는 의미니까요.
그만큼 가까이 다가가
깊게 마음에 담았다는 뜻일 테니까요.

무언가를 면밀히 살피고,
오랜 시간 마음에 두고,
크고 작은 모든 모습을 낱낱이 기억하는 일은
사랑이 아니면 할 수 없는 일들이에요.

반짝이는 기쁨 뒤에서
무수히 긴 시간 동안
감정을 쏟는 수고로움을 담담하게 여기고
때로는 고통받고 상처받는 일까지
참아내야 했겠죠.

그럼에도 불구하고
우리가 사랑을 지속하는 이유는
사랑만큼 진하게 남는 것이 없기 때문은 아닐까요?

그 사랑이 시간에 흐려지지 않도록
기억하고 싶은 순간을
글과 그림으로 남기게 됐어요.
지난 기록을 보면 그때로 돌아간 듯
감정이 전해지는 것을 느껴요.
더불어 오늘 더 사랑하자는 다짐을 하죠.

망설이거나 참아서,
혹은 무심해서 많은 것들을 놓치고
별다르게 마음에 남는 감정 없어
내 인생에 의미 없는 하루하루가 쌓인다면
나중에 돌아본 나의 날들이 너무 안타까울 테니까요.

그러니

혹시나 또 덧날지 모르는 상처가 걱정되어서,
무뎌진 마음에 슬며시 자리 잡은 귀찮음 때문에,
다 알고 있으니 똑같은 감정이라는 핑계로
오늘의 사랑에 소홀하지 말아요.

매번 같은 상황은 있을지라도
매번 같은 사랑은 없을 거예요.

일

진심을 다 할 거야

당신과의 모든 순간에

나의 호기심 포인트 ㅡ

쉬는 시간마다
초록 사과만 먹는 네게
빨간 사과만 먹는 내가 물었다.
왜 그것만 먹냐고.
너는 '그냥'이라고 말했다.

다음 날 쉬는 시간,
너는 빨간 사과를
나는 초록 사과를 꺼내 들었다.

우리 서로 궁금한 거니?

무방비 상태에서 성큼 다가온 호기심이
내 마음을 콕 찔러버렸다.
두근두근 설렘이 시작되었다.

당
신
도

느
꼈
나
요

?
—

당신도 방금 느꼈어요?
우리 대화는 무얼 말하든 연애 얘기로 이어지고 있어요.

취미를 말하다가 연애를 말하고
일을 말하다가 연애를 말하고
영화를 말하다가 연애를 말하고 있어요.

우리 자꾸 상상하고 있어요.
우리 자꾸 서로를 말하고 있어요.
우리 눈빛도 마음도 자꾸만 들키고 있어요.

당신도 느꼈나요?

고백 버튼

내가 '톡!' 건드리면
네 마음의 빨간 하트가 울릴까?

너에게 고백하는 일이
'좋아요' 버튼을 누르는 것처럼 쉬우면
얼마나 좋을까?

고백을 할까 말까
몇 날 밤을 고민으로 지새울 거 없이.

어떤 말로 시작할까
머릿속 문장들을 헤집어놓을 거 없이.

내가 예쁘게 보일까
길 위 창문마다 나를 비춰볼 거 없이.

언제 얘기를 꺼낼까
너의 표정 하나하나 눈치 볼 거 없이.

'툭' 하고 버튼을 눌러
네 마음속 '좋아요' 알람이 울리면 얼마나 좋을까….

너인 너를 좋아해 —

너에게 할 질문이 많다.

질문 하나에 돌아오는 너의 이런저런 이야기로,
이야기에 비치는 너의 다양한 모습으로.
너를 향한 나의 시선을 채우고 싶다.

그렇게 몰랐던 부분을 하나하나 알아가고
내 맘대로 씌운 콩깍지가
한 꺼풀씩 벗겨질 때마다 발견되는
그 진실한 모습이 그저 사랑스러워서,
그게 너답고 그게 나다워서,
그게 좋아서,
서로의 이모저모를 안 후에도
웃음 지을 수 있는 우리가 되고 싶다.

너인 너를 좋아하고
나인 나를 좋아해서
서로 마냥 좋은 우리가 되고 싶다.

당신에게 할 질문이 많다.
당신 속의 이모저모를 안 후에도
더 사랑해서 벗어날 수 없는 연애를 위해.

진심으로 더 깊어지기 위해.

우리의 연애는
한 철에 몰아쳐 뜨겁기보단
언제나 따뜻하게 계속되길.

딸
기
같
은
연
애
는
싫
어
—

딸기가 제철이었다.
딸기 케이크, 딸기 주스, 딸기 뷔페까지
인스타그램에 도배된 새콤달콤한 빨간색을 보기만 해도
이미 한입 물은 양 침샘이 스르르 터져버렸다.

그랬다.
얼마 전까진.

계절이 바뀌어 쨍쨍한 햇빛 아래 퇴근하고
껴입는 옷 가짓수가 적어지고
창문 넘어 거세게 내리는 장맛비 소리를 듣다 보니
그 한창이던 빨간색 왕좌는
어느새 수박에게 넘어갔다.

철이 되면 제일 달콤해 사랑을 몰아 받고
철이 지나면 맛이 없어져 외면을 당한다.
…딸기는 딸기니까…

우리 연애에는 제철이 없길 바란다.
한창 물오른 달콤함에 녹기보다
어느덧 밍밍해졌음에 실망하기보다
딱 원래 바라는 만큼만
항상 그렇게, 길게 달달하길.

배
려
하
고
배
려
받
기
—

네가 해줬으면 하는 행동들을
내가 먼저 해주기.

배려하고 배려 받기.

연애할 때
네가 해줬으면 하는 행동들을
내가 먼저 해주기.

나는 그에게 매일 자기 전 굿나잇 인사를 한다.
그는 나에게 매일 아침 굿모닝 카톡을 한다.

나는 그에게 좋아한단 말을 아끼지 않는다.
그는 나에게 바빠도 전화를 걸어 목소리를 들려준다.

나는 그에게 감정을 함부로 풀지 않는다.
그는 나에게 늘 웃는 모습을 보여주려 노력한다.

나는 그에게 미안하단 말을 먼저 한다.
그는 나에게 갑자기 화를 내지 않는다.

나는 그에게
그는 나에게.

함께한 시간이 쌓이니
'우리는 서로에게'가 되었다.

누군가를 사랑하는 마음은
내 마음의 다른 부분까지
녹녹하게 만드나 봐.

요즘 따라 부드러운 내가 보여.

알아도 듣고 싶은 말 —

긴 하루를 보내던 중
문득 네가 생각나 휴대폰을 봤을 때
"뭐 해?"라는 카톡이 와있으면,

갑자기 할 말이 생겼다며 전화해서는
"좋아해"라고 말해주면,

식사 시간 즈음 당연하겠지만 굳이
"밥 먹었어?"라고 물어봐 주면,

잠들기 전 굿나잇 인사를 나누며
"보고 싶어"라며 속삭여주면,

1초도 걸리지 않는 너의 한 마디로
내 하루가 아름답고 내 마음이 든든해진다.

서로 좋아하는 사이
너와 내가 아니면 누가 이렇게
세세한 마음을 공유할 수 있을까?

계속 듣고 싶어.
계속 말해주고 싶어.

네가 '뭐 해?'라고 묻지 않으면
너 없는 나의 시간에 관심이 없는 것 같고,
'보고 싶어', '좋아해'라고 말하지 않으면
그런 감정을 느끼지 않는 것 같아.

말로 해줘.
알아도 듣고 싶으니까!

에스컬레이터 찬스 —

에스컬레이터에서
당신보다 한 발 앞으로 탄다.
계단이 움직이며 한 칸 위로 올라서면
그제야 우리의 눈높이가 비슷해진다.

왔다. 내 맘대로 뽀뽀 타이밍!

그가 나를 내려다보지 않으면
내가 그를 올려다보지 않으면
그는 허공을, 나는 그의 가슴팍을 마주한다.

복작복작하고 시끄러운 거리를 걸을 때면
내가 혹은 그가 하는 말이
서로의 귀에 닿지 못하고 흩어질 때가 있다.

그런 우리의 눈높이가 맞춰지는 찬스,
에스컬레이터!

한걸음 서둘러 그보다 한칸 위에 서면
움직이는 에스컬레이터를 따라
그와 나의 눈이 마주하게 된다.
고개를 내리거나 들지 않고, 같은 높이에서.

이렇게 우리의 키 차이를 줄여주는 것이
에스컬레이터라면
우리의 생각 차이를 줄여주는 건
당신과 내가 함께 보내는 시간과 많은 대화겠지?

함께 줄이자.
그게 어떤 차이든.

당신의 , 나의 바람막이 —

아침 출근길
차가운 겨울바람이 나를 향해 불어온다.

양팔로 몸을 힘껏 감싸며
바람이 들어올 틈새를 전부 막으려 애써봐도
내 팔과 몸이 닿는 몇몇 부분만 따뜻할 뿐.

얼음장 같은 추위를 피하지 못한 채
간신히 빠른 걸음을 위안으로 삼는 길,
나는 또 당신이 떠올라 버렸다.

함께 버스를 기다릴 때마다 찾던
나의 전용 바람막이, 당신의 코트 속.
나의 추위를 모두 감싸 안으며
부족했던 온기를 가득 채워주던,
세상 따뜻했던 그 순간.

매서운 바람소리가 신호인듯,
한 발짝 당신 품 안으로 들어가
세상 따뜻함을 가득히 느끼는 이 순간이 좋다.

내 마음을 찬바람으로부터 지켜주는 곳이 바로 여기 거든.

그렇기도, 아니기도 한 말—

언제부터인지 모르게 생겨버린 좋아하는 마음을
항상 가까이서 주고받을 수 있길 바랄 뿐이야.

보고 싶다고. 지금.

"보고 싶어."

지금 달려와달라는 말은 아니지만
어떤 날에는 맞기도 해.

너무 자주 말하면 사랑이 금방 식을까 걱정되지만
들을수록 마음이 활활 불타오르기도 해.

굳이 표현하지 않아도 잘 알고 있지만
잘 알고 있기에 더 듣고 싶기도 해.

사랑한단 말보다 가벼운 마음으로 하는 말이지만
보다 따뜻한 마음이 담겨 있기도 해.

내가 힘들 때 하는 말이지만
네가 힘들 때 하는 말이기도 해.

'나도'라는 두 글자 대답이
부족해 보이기도 하지만
때론 가장 충분해 보이기도 해.

'보고 싶다'라는 말은 그렇기도, 아니기도 해.

당신에게 마지막이고 싶어 —

'처음'에 집착했던 시절이 있었다.
그와 간 곳이 너무 예뻐서
그와 먹은 음식이 너무 맛있어서
생각지 못한 이벤트에 너무 감동받아서.
그래서 궁금해하곤 했다.
'이런 거 처음이야?'

그의 사랑스러운 마음을
지금뿐 아니라 과거의 것까지
모두 독차지하고 싶었나 보다.
나와 행복한 지금의 시간과 비슷했을
그의 과거 시간에도
질투를 하고 있었나 보다.

참 부질없는 짓이었다.

무엇을 하든 그것이 좋았든 싫었든
지금 함께하는 사람이 서로라는 것이,
'마지막까지'라는 단어를
서로의 머릿속에 깊게 새겨주고 있다는 것이,
중요한데 말이다.

그의 모든 처음이 나이길 바랐던 내가
어느새 나와의 모든 것이
그의 마지막이길 바라고 있다.

그를 정말 좋아한다.

그를 행복하게 해주기 위해
나를 행복하게 하는 것이 무엇인지 생각해본다.

함께해서 행복한 우리라도
혼자 채워야 할 행복의 틈새가 있는 것 같다.

느닷없이 눈이 떠져버린 새벽,
일에 지친 그가 먼저 잠든 밤,
야근 풍년 속 나만 한가한 저녁 등.

가끔 있는 혼자인 시간이
너무 외롭거나 심심하지 않게
나를 기분 좋게 하는 것이 무엇인지
알아둘 필요가 있다.

그것들을 알면
나를 둘러싼 몇몇 작은 불행에 나빠진 기분을
내 옆에 있는 사람에게 풀어버리는
실수를 하지 않을 수 있으니까.
어두운 감정도 받아주는 존재가 있음에
감사함을 느낄 수 있으니까.

나의 시간과 감정을 잘 다스릴 수 있게,
그래서 당신의 행복도 보살필 여유를 가질 수 있게.

나를 행복하게 하는 것이 무엇인지 생각해본다.

튼튼 든든한 커플—

건강 관리는 내가 할게.
마음 관리는 네가 해줘.

이성과의 만남에서 제일 중요한 것을 꼽으라면
망설임 없이 안정감이라 말할 수 있다.

좋아한다고 말하는 사람보다
말투나 행동에서 나를 좋아하는 것이 느껴지는 사람.
불안해하지 말라고 말하는 사람보다
불안하지 않게 늘 믿음을 주는 사람.

어쩌다 한 번 행복했던 기억으로
매일의 불안함을 꾹꾹 눌러 참았던
과거의 연애를 돌아보면
잠깐의 좋았던 감정으로
그 오랜 힘겨움을 참았던 미련함이 참 후회스럽다.

몸이 안 좋을 때는 내가 잘 쉬면 되지만
마음이 불안할 때에는 당신이 도와줘야 하니까.

잘 부탁해,
내 마음.

특별한 계획 없던 하루.
눈 둘 곳은 당신밖에 없던 하루.

잠들기 전 돌아보니
소소한 장면들이 낱낱이 기억에 남아
당신이 더욱 특별해진 하루.

하 루 중 한 번 은 내 생 각 ㅡ

하루 종일은 아니더라도
하루 중 한 번은
내 생각으로 머리가 가득하길 바라.

웃음의 책임

다른 일을 핑계로 슬며시 잡아보는 밥 약속
갑자기 걸려온 어색한 첫 통화
별거 없는 하루를 일일이 보고하는 카톡
끝없이 공유하는 웃긴 링크.

당신으로부터 소식이 올 때마다 조건반사하듯
잔뜩 올라가는 입꼬리를 숨기지 못하고 있다.

그렇게
당신이 나에게 웃음을 줄 때마다
그에 비례해 마음이 깊어진다.

웃음이야 싹 씻어내면 그만이지만
깊어진 마음은 금방 덮어버릴 수 없다는 걸
당신도 알까?

당신과의 대화에 웃는 일이 많아진 만큼
마음도 어느새 깊어져 있다.

옆에서 나를 계속 웃게 해줄래요?

지금, 내 옆에 와줘서 다행이야—

"이렇게 예쁜데 왜 남자친구가 없었어?"

당신이 내게 물었다.

"지난 연애 속 내 모습 중에
상대를 실망시켰던 미운 모습들만 골라
열심히 지우려 노력하고 있어서 모르는 거야.
당신을 실망시키는 건 싫으니까."

그때가 아닌 지금
당신이 내 옆에 와줘서 참 다행이야!

난 굉장히 계산적인 사람이에요.

내가 술을 과하게 마시고 실수를 하면
순간의 호기심으로 한눈을 팔면
내 멋대로 이기심을 부려버리면
당신이 내게서 멀어지겠죠.

당신의 부재보다 저것들이 가치 있을까?
그렇게 모든 것을 재고 따져요.

늘 당신이 더 소중하다는 답을 얻어요.

참 좋아서 더 긴장돼—

깊은 고민 끝에 나온 결과물을 발표할 때
내 목소리와 손은 어김없이 떨린다.
'빈속에 커피를 마셔서 그래'라고
애써 진정시켜보지만
커피를 마시지 않은 날에도 떨렸던 건 명백한 사실.

그만큼 깊게 마음 쓰고
그만큼 많이 시간을 써서 그런가?

그러고 보면
소중함이 클수록 긴장도 커지는 건
일이나 당신이나 참 매한가지야.

더 깊게 마음 쓰고
더 많은 시간을 쓸수록
더 긴장되는 건
일이나 당신이나 똑같아 참.

한꺼번에 좋다—

그때 나는 너무 설레서, 너무 긴장해서
너 말곤 다른 걸 느낄 새가 없었다.

영화보다 너의 작은 웃음소리에 귀 기울였고,
시원한 바람보다 닿을 듯 말 듯한
너의 어깨가 신경 쓰였고,
맛있는 음식보다 너의 시선에 예뻐 보이려
부단히 애를 썼다.
그랬던 적이 있었다.

너와 함께하는 시간이 당연해진 지금
설렘과 긴장감은 예전만 못하더라도,
재밌는 영화도 너도
시원한 바람도 너도
맛있는 음식도 너도
한꺼번에 마음에 들어와 느껴진다.

한꺼번에 좋다.
그래서 더 좋다.

당신과의 매일이 별일

당신과 함께하는 건
별게 다 새삼스러워.
별게 다 특별하고.

당신과의 매일이 별일이다.

이제 걸음마를 뗀 아이가
처음 제 발로 돌아다닐 때와 같이
별게 다 놀랍고
화가 나고
행복하고
감격스럽다.

당신과의 매일이 별일이라
하나같이 특별할 수밖에 없다.

증거
포착 ─

네가 나한테 준 것 중
가장 소중한 것을 꼽아보라면
나는 단번에
카페에서 대화할 때 내게 멈춘 너의 눈빛,
내가 다칠까 인도 안쪽으로 살짝 미는 너의 손,
나의 종종 발걸음에 맞추는 너의 발걸음,
이따금 실수하는 내 모습에 올라가는
너의 입꼬리를 말할 거야.

이건 내가 소박해서 그런 것도
내숭을 떨고 있는 것도 아니야.

언제나 내게 가장 중요한 건
네가 나를 여전히 사랑하고 있다는 증거들이야.
그 작은 증거를 하나씩 포착하는 순간들이야.

너의 시선이 내게 멈춘다.
나의 실수에 네가 웃는다.
나의 걸음에 네 걸음을 맞춘다.

오늘도 네가 날 사랑한다는 증거를
여럿 포착했다.

상
처
엔

당
신
—

이따금 떠오를 때마다
마음 한편이 쿡쿡 쑤셨다.

지난 그 사람과 얽힌 나쁜 기억은
미련했던 나에 대한 후회와
모질었던 그에 대한 분노와
흘러버린 시간에 대한 아까움을
한꺼번에 불러 모아 아프게도 스스로를 찔러댔다.

그랬던 내 마음이 이렇게도 아무렇지 않은 건,
더 이상 기억에 얽매여 상처받지 않는 건,
지난 아픔까지 모두 토닥여주는
나를 사랑하는 당신이 있어서일까.

참 고마워 당신.
내 옆에 있어줘서.

네가 웃을수록 나를 사랑하게 돼─

꾸밈없는 나의 모습에
네가 활짝 웃는다.
웃는 너를 보고 나도 웃는다.

너를 만날 때 한치의 꾸밈이 없다.
좋아하는 것에 신나하고
웃긴 것에 웃고
화나는 것에 화를 내며
억지스러움 하나 없이 있는 그대로의 나를 드러낸다.

그리고 너는 이런 나의 모습을 보고 웃는다.

네가 웃을 때마다
나는 내 모습이 더욱 좋아진다.

그리고 당신이 더욱 좋아진다.

내 시선이 향하고
내 마음이 닿는 곳에
당신 하나 들어왔을 뿐인데
모든 순간이 참 행복한 요즘이야.

당신 품 속에서 꾼 꿈 —

당신 품에 깊이 안겨
눈앞에 가까워진 가슴팍에
모든 시야가 가려졌을 때
가슴부터 전해지는 따뜻함이
내 걱정을 모두 녹여주었다.

아무 신경 쓰지 않아도
당신 옆에 꼭 붙어 함께하면
모든 순간이 아름다울 거라고
모든 순간이 성공적일 거라고
믿어버리게 되었다.

순간이 영원이길 바라는
바보 같은 꿈을
한번 더 꾸게 되었다.

당신 품에 안겨
내 모든 시선을 당신에게로 향하고
꿈을 꾸기 시작한다.

이대로 아무 걱정없이 늘 함께하자고.

내
일
도

오
늘

같
을

사
람
─

당연함이 고맙고 뻔함이 지겹지 않고
예측 가능함이 사랑스러운 사람.
내일도 그대로일 사람.

당장 내일 일도 모르는 게 인생이라지만
내일도 내 옆에 당신이 있을 거란 사실은 알아.

예측 가능함이 사랑스럽고
존재의 당연함이 고맙고
뻔한 지겨움이 아닌 뻔한 믿음만이 가득한,
내일도 그대로일 사람이라
당신을 좋아하는 내 마음도 그대로일,
그런 변함없는 날들이
행복으로 가득할 걸 난 알아.

이

찌질한 내 마음
너에게 들키고 싶지 않은

너무 자주 주어도 안 되고
너무 주지 않아도 안 되고
가만히 지켜봐도 안 된다.

그래 알아. 적당히.
근데 그게 어려워. 늘.

세상에 이렇게 간단한 모습을 하고
이렇게 어려운 뜻을 가진 형용사가 있을까.
그 누가 '적당히'를 깨우쳤길래
이런 단어가 탄생한 걸까.

주변을 둘러싼 모든 것들에 적당히 대처하면
아무 문제가 없다던데
나는 오늘도 그 '적당히'를 모르겠다.

좀 지나칠 때도 있고
소극적일 때도 있고 잠시 무딜 때도 있다.
아예 멈추기도 하고 너무 가버리기도 하고
살짝 빗나가기도 하고 완전하게 어긋나기도 한다.

어찌 그리 얄밉게도 간단하게 정답인 척하다
갈팡질팡해 시행착오를 만들게 하는 건지.

도대체 적당한 게 뭔지!

불안한 마음은 나도 어쩔 수 없어―

내 마음이지만
내 뜻대로 안 된다.

불안해하지 말라는 너의 말이
내 마음까지 닿지 않았나 보다.

너와 내가 그리는 연애가 조금 다른 것 같아
차이를 좁혀보려는 나의 진지한 대화 요청에
너는 늘 한 가지 대답으로만 응한다.

'불안해하지 마, 좀.'

내 불안의 이유를 묻기도 전에
그 불안한 마음을 이상하게 생각해 버린다.

10이 좋아 시작한 너와의 연애가
1이 좋아 9의 불안을 버티는 연애가 되어버렸다.

너는 요즘 어떠니?
나를 왜 만나니?

불안해하지 말라는 너.
그건 말이 아니라
마음으로 느껴지게 해야 하는 거야.

사랑하는 사람의 바람
믿었던 사람의 거짓말.

배움을 핑계로 인생에 쌓이는 것이
결코 배움이 아닌 것 같아.

'그저 배움이었다 하기에는
상처가 너무 크잖아.'

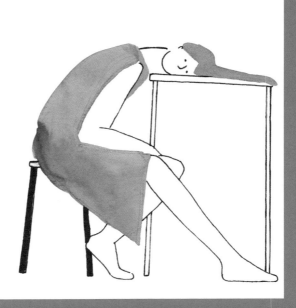

틈나는 대로 연락을 하는데
왜 자꾸 연락 때문에 문제가 생기는지 모르겠다는 당신께 알려줄게요.

연락의 타이밍에는
당신이 하고 싶을 때 만이 아니라
내가 하고 싶을 때도 있다는 걸.

당신 폰이 발신 전용은 아니잖아요.

당신 폰이 발신 전용은 아니잖아요—

재미있는 일이 있거나
좋은 것을 봤을 때
당신 생각이 나.
별일 없음에 시시함을 느낄 때
당신 생각이 나.
슬픈 일에 기분이 우울해졌을 때
당신 생각이 나.

그때마다 '당신에게 연락해야지'라고 생각하면
나는 금방 들떠버려.

좋은 일을 더 특별하게 만들고
우울함을 아무것도 아니게 만드는
당신과의 대화를 좋아하거든.

근데 자꾸
하지 못한 얘기들이 쌓여가는 건 왜일까?

타이밍이 안 맞는 걸까,
우리가 안 맞는 걸까.

새
싹
은

빨
리

자
라
잖
아
—

내 마음의 성장 속도는
왜 늘 너보다 빠른 것 같을까.
괜히 초조하게 말이야.

작은 화분에 씨앗을 심고 기다리면
금방 새싹이 고개를 내밀잖아.
그렇게 한번 보이기 시작하면
다음 날 떡잎이 활짝 펴지고
그다음 날 떡잎 옆에 본잎이 나고
하루가 멀다 하고 쑥쑥 자라는 게
눈에 훤히 보이잖아.

내 불안은 그다음부터 시작되는 거 같아.
눈에 띄는 변화가 적어지면서
잘 자라고 있는 건지 아닌지 궁금해져.
제 나름의 속도가 있을 텐데
내 기준에 비해 느리다 생각하면
초조하고 다급해져.

나 혼자 가속도를 붙이고 있나,
나 혼자 너무 크게 부풀리고 있나,
나와 다른 너의 마음 속도를 탓하는 것처럼 말이야.

쿨한 연애가 어디 있니? —

사생활에 관여하지 말라는
그 남자의 말이 이해가 되지 않는다.

나의 세상은 사회생활과 사생활뿐인데,
그의 회사 동료도 아닌 나는
도대체 어떤 생활을 공유해야 하는 걸까?

쿨한 연애가 어디 있니?

그건 내가 아니잖아요—

나의 행복한 웃음을
도도함으로 바꾸려 하지 마세요.

나의 편안한 옷차림을
섹시함으로 감싸려 하지 마세요.

나의 순수함을
헤픔으로 생각하지 마세요.
그건 내가 아니잖아요.

처음에 나를 왜 좋아한 거죠?
지금 나를 사랑하는 건
당신에게 맞출 나를 기대하기 때문인가요?

그건 내가 아니잖아요.

나를 사랑한다는 말이
당신에게 맞출 나를 기대한다는 뜻인가요?
그건 내가 아니잖아요.

예쁘다, 예쁘다 말해주면
정말 예뻐지는 거 알아요?

모르겠어요, 헷갈려요—

당신과 원만하지 않은 요즘
유난히 잠이 오지 않는 새벽
이대로 괜찮은 건지 의심을 가득 품은 채로
함께 하는 것이 맞는지 불안해졌다.

헤어져야 하나?
근데 어떻게 말을 꺼내지?
아니야. 지금 잠깐만 이런 걸 수 있잖아.
괜히 나중에 더 안 좋게 끝나면 어떡하지?
당장 내일부터 당신이 옆에 없다면,
나는 또 그 부재에 외로워하고 우울해하겠지?

당신을 좋아하지 않는 건 아닌데….

요즘 따라 이렇게 가끔
당신과 헤어지고 싶다는 생각이 드는
결국 입 밖으로 꺼내지 못하는 걸 보면
그만큼 당신이 더 보고 싶은 건지
혼자가 되는 게 두려울 뿐인 건지
잘 모르겠다.

미안하면 미안한 짓을 그만해—

어디까지 용서해야
언제까지 용서해야
좋은 여자친구일까?

반복되는 너의 사과를 계속 받아주다 보면
착한 게 아니라
바보 같은 여자가 될까 봐 겁이 난다.

어쩐지
후회나 진심이 사라진 것 같은 너의 사과가
나의 자존감마저 깎아내리고 있다는 것을 너는 알까?

걱정했지? 미안해.
서운하게 해서 미안해.
짜증 내서 미안해.
미안하면 제발 미안한 짓을 그만해!

너는 그럴 수 있을까?─

사랑하는 사람 간에 할 수 있는
대단한 한 마디.

'그럼에도 불구하고'

나의 취향, 철칙, 습관 등
모든 것을 바꿀 수 있는 것.

너는 그럴 수 있을까?

사서 하는 불안—

연애의 시작 단계에서
남자친구의 지난 사랑 이야기가 궁금할 때가 있다.

어떤 점이 좋아 서로 만났는지
만나서 어떤 데이트를 즐겼는지
왜 헤어졌는지 얘기를 듣다 보면
'너는 그런 사람이구나'하고
알게 되는 것이 재미있다.

그리고 비교하기 시작한다.
그러면 안 되는 걸 아는데도
무언가 더 뜨거웠던 너의 마음이 느껴질 때면
더 이상 존재하지도 않는 그 온도를
질투하게 된다.

몰랐으면 마냥 너를 좋아했을 텐데
왜 괜히 물어봐서는
혼자 불안해하는 건지 모르겠다.
왜 매번 반복하는지 모르겠다.

나는 뜨거웠던 과거의 네 마음을
질투할 때가 있어.

신
뢰
도
의

법
칙

한번 깨진 신뢰는
절대로 다시 견고해질 수 없다는 사실을
네 덕에 배웠어.

연인 간의 가장 중요한 요소, '신뢰'.

신뢰도는 평균치의 법칙과 같다.
100으로 시작해 단 1이라도 깎인다면
다시는
절대로
영원히
완전한 100이 될 수 없다는 것.

이 사랑은 노력을 해야 한다.

우
리
시
간
을
갖
자
—

잠시 시간을 가지면
더 행복한 시간이 올까?
아니면 그간의 시간마저 단숨에 사라질까?

내 마음을 회복할 시간이 필요해.

잠시 시간을 갖자고 말하면
우리의 시간이 아예 없어질 것만 같아 두려웠어.
그렇게 망설이는 동안
서서히 식어가는 내 마음을 어쩔 수 없었고
네가 내 감정이 온전치 않음을 느꼈을 때
우리는 싸웠어.
나는 그제야 너에게 각자의 시간을 제안했지만
사실 우린 더 이상 시간이 필요하지 않았어.

그때 망설이지 않고
솔직히 말했다면 결과가 달라졌을까?

그래도 우리는 결국 헤어질 인연이었을까?

지겨운 말다툼 —

'너와 나'
무언가 굉장히 엇갈리고 있다.
'우리'라는 표현도 어느 순간부터
자연스레 나오질 않는다.

2시간의 긴 통화였는데
각자의 얘기만 하다가 끊었다.
서로를 이해하는 것이 아니라,
각자 이해받기만 원하고 있다.

결국 너와 난 서로 다른 건데
상대의 잘잘못만 따지고 있다.

언제부터였을까?
언제까지일까?

서로 다른 건데
잘잘못을 따지니까 상처만 받지.

지겨운 말다툼.

말
로
는

괜
찮
은

척 —

괜찮다 해놓고
뒤늦게 짜증 내는 나를
너무 어이없어하진 말아줘.

좋아하니까 괜찮은 척했던 거야.

어디까지가 관대함의 선일까?
쿨함과 바보 같음의 경계는 어딜까?

점점 늦어지는 당신의 술자리
점점 드물어지는 당신의 연락
그리고 닳아버린 당신의 휴대폰 배터리.

'먼저 자'라는 문자에
'걱정하지 말고 재밌게 놀아'라는 답을 해놓고
고민의 늪으로 빠진다.

말로는 괜찮다 해도
마음은 괜찮지 않다는 걸 안다면,
그런 내 마음을 너무 괴롭히지 말아줬으면 좋겠다.

앞으로 우리 둘
서로의 보폭에 맞춰
계속해서 같은 길을
함께 걸을 수 있겠지?

그래, 나 삐쳤다 —

'나 삐쳤어, 풀어줘'
이 두 마디를 하루 종일 돌려 말한다.

이모티콘 안 쓰기.
ㅇ 받침 안 붙이기.
대답만 하기.

어서 눈치채란 말이야.

난 지금 화가 난 게 아니라 삐친 거다.

큰 잘못으로 상처 입은 게 아니라
소소한 섭섭함이 한 겹 더 쌓였다는 말이다.

너의 구구절절한 변명이 아니라
사랑 듬뿍 담긴 애정표현이 필요하다는 말이다.

내가 먼저 말을 꺼내 따지기에는 작은 일이지만
그냥 넘어가면 서운함이 커질까 봐
신호를 보낸다.
네가 알아서 눈치채길 바라며.

'너의 물음에 대답만 할 거야.
귀여운 이모티콘 안 써줄 거야.
하트 안 쓸 거야.
ㅇ 받침 안 붙일 거야.
대답 늦게 할 거야.'

빨리 눈치채줘.
다시 달콤해지고 싶으니까!

바쁜 연락의 타이밍 —

좋아하는 마음이 커질수록
당신이 무얼 하고 있는지 무슨 생각을 하고 있는지
궁금한 게 많아진다.

그런 당신이 바쁠 때,
그래서 휴대폰 잡을 시간도 없다고 할 때,
연락의 타이밍 하나로 두 가지 마음이 갈린다.

이런저런 바쁜 일이 있어서 조금 후에 연락하겠다고
먼저 말해주면 서운한 마음 없이
"응, 파이팅!"하고 외쳐줄 수 있는데
몇 시간 연락 없다가 뒤늦게 바빴음을 얘기하면
서운한 마음 한가득 담아
"응... 고생했어."하게 된다.

연락이 닿지 않는 동안
너를 생각했던 만큼 허무함이 몰아쳐
너를 좋아하는 나의 마음을
조금씩 조금씩 억누르게 된다.

어쩌면 별것도 아니지만
별게 아닌 일들로
너를 덜 좋아하게 되는 것이 싫다.

'이 일만 끝내고 연락해야지' 하다가
우리가 끝나겠다.

나한테도 집중해줘 —

너의 얼굴이
모니터 열로 상기돼 붉어진 만큼
달콤한 눈빛과 말들로
내 얼굴을 붉어지게 해줬으면 좋겠어.

일에 집중한 만큼 내게도 집중해주길.

왜
말
을
안
했
냐
고
묻
는
다
면
—

왜 말을 안 했냐고 묻는다면
'좋아해서'라고 말할 수밖에 없다.

좋아하니까 맞춰줬고
좋아하니까 참았고
좋아하니까 괜찮을 거라 생각했다.

그렇게 나 자신마저 속이다 보니
마음속에 생겨버린
이별의 실마리를 전혀 눈치채지 못했고,
너의 무심한 한 마디가 그 끝을 잡아당겨 버린 오늘
'많이 엉켜있었구나…'하고 알게 되었다.

갑작스레 헤어짐의 이유를 말하는 나에게
왜 그런 말을 여태 안 했냐고 묻는다면
참 후회스럽지만
'좋아해서'라고 말할 수밖에 없다.

정말 좋아한다면
참지 말아야 하는데
자꾸 참게 돼.

너무 좋아해서.

삼

무엇으로 채워야 할까?

텅 빈 마음은

이
별
하
기

힘
든

계
절
—

이별하기 힘든 계절에 헤어졌다는 소리를 들었다.
함께 나누던 체온 하나만 없어졌을 뿐인데
내 마음의 온도마저도 정상적이지 못한 기분이 든다.
'왜 갑자기 날씨까지 추워진 거야...'

서로가 힘들어서 헤어진 건데
좋았던 기억들만 떠오르는 건 왜일까?
쓸쓸한 마음에 그의 안부가 궁금해지고
머릿속이 그의 생각으로 가득 차
도무지 다른 일들이 비집고 들어갈 틈이 없을 때
나를 진정시켜주는 한 마디,
'날 버린 남자다.'

상기하면 비참한 일이지만
내가 이별을 뱉은 상황이 아니니
그의 마음을 어쩔 수 없다는 걸 잘 안다.
정리하기에는 되레 쉬운 편임을 다행으로 여긴다.

함께한 시간을 하나하나 지워가며
마음의 냉정을 찾을 때쯤
휴지통 속 시간을 복구하자는 듯 뜬금없이 연락해왔던
과거의 남자들을 떠올리며 너에게 바란다.
딱 이 상태로 서로에게 남자.
빛나던 서로의 웃음이 퇴색되지 않게.

연락하지 말자.
각자 행복하자.

알아가고 잊어가는 행복 ─

하나하나 서로를 알아가는 재미에 행복했는데
하나하나 서로를 잊어가며 각자의 행복을 찾고 있다.

슬픈데 이상하고 신기하지, 참?

당신과 나눈 대화
함께한 시간
추억이 담긴 장소.

그렇게 선명했던 당신과의 기억도
의식적으로 떠올리지 않으려 노력하니
하나둘 흐려지기 시작했다.
불현듯 기억이 떠올라 마음을 후벼 파는 일도
점점 드물어지고 있다.
이별의 슬픔이 가득했던 그 자리에
다른 기쁨을 계속 채워가고 있다.

어제와 별 다를 게 없는 오늘인데
갑자기 혼자인 것 같아.

외로워.

멍
한
이
별
의
순
간
─

이별의 순간은 늘 멍하다.
당신 생각으로 가득했던 머릿속에서
당신 생각을 지우려다 보니
아무 생각도 들지 않을 수밖에.

이별을 조금씩 인정하며
당신을 내 안에서 비워내고 있다.

시
간
은
쌍
이
잖
아―

자꾸 생각나는 그의 웃는 얼굴을
미련이 아닌 기억으로 바라볼 것.
자꾸 그리워지는 그의 따뜻한 손을
미련이 아닌 기억으로 떠올릴 것.
자꾸 기대고 싶은 그의 넓은 등을
미련이 아닌 기억으로 느낄 것.

자꾸 생각 나는 당신에게
미련이 남아 있는 게 아니라
그저 시간이 쌓인 것일 뿐이라고,
그저 그런 보통의 기억일 뿐이라고,
덤덤하게 생각할 것.

자꾸 생각난다는 게 꼭
그 사람을 아직 좋아한다는 말은 아니잖아.

당연히 생각이 나지. 지난 시간도 시간인데.

참지 않고 말했다면
한 번에 터질 일이 없었을 텐데...
그럼 우리 헤어지지 않았을 텐데.

아픔을 표현하는 법 ─

치아교정을 할 때도
살을 도려내는 수술을 받을 때도
의사 선생님으로부터 잘 참는다는 소리를 들었다.

칭찬인 줄 알고 웃어 보이면
아프면 아프다고 말해야 한다는 이야기가 이어진다.
그래야 안다고.
그래야 대처한다고.

네가 나에게 작은 상처들을 줄 때마다
내가 아프다고 말했더라면
우리는 아직도 사랑하는 사이였을까?

참다가 한 번에 터지지 않고 말이야.

처음부터 내게 꼭 맞는 구두가 없는 것처럼
처음부터 네게 꼭 맞는 사랑도 없어.

새 구두를 샀다.
뒤꿈치가 까지고 새끼발가락이 아려온다.
예뻐서 산 신발이 너무나 원망스럽다.

처음부터 내 발에 꼭 맞는
완벽한 구두는 없다.
당장의 작은 불편함을 참고 신다 보면
시간이 지나 내 발에 맞게 길들 것이다.

그렇지 않고, 피하기만 한다면
평생 그 구두를 신지 못하겠지….

연애도 마찬가지야. 이 이기적인 사람아!

우리 정말 헤어진 건가 ?—

빗을 잃어버렸다.
분명 집안 어딘가에 있다는 걸 아는데
머리를 빗을 때만 번쩍 떠올려서는
'어딨지' 궁금해 하고 찾을 생각을 안 한다.
살짝 구부린 손으로 머리를 대충 정리해
이내 묶어버린다.
'이 정도면 됐지 뭐.'

너를 잊어버렸다.
분명 마음속 어딘가에 남아있다는 걸 아는데
너와 연결된 것을 볼 때만 번쩍 떠올려서는
'보고 싶네' 생각만 하고 연락을 안 한다.
이 약속 저 약속으로 시간을 대충 채워 넣고
이내 잊어버린다.
'대충… 이 정도면…'

된 건가?

우리 정말 헤어진 건가?

서로의 곁에서 눈을 마주하고
마음을 맞대고 있는 우리인데,

가끔씩
내 반대편에 네가 있는 것 같아.

그 때 그 작은 웃음들이 그리워—

참 기억나는 것도 많다.

당신이 특별히 좋아했던 건
일부러 멀리하면 된다지만
너무도 자잘하게 일상의 결마다 스며든 작은 기억들은
깊은 감정까지 끌고 와 때마다 당신을 상기시킨다.

당신은 금방 보내버렸는데
당신과 함께 만든 무수한 작은 추억들은
한 번에 지워버릴 수 없어 너무 괴롭다.

우리라는 단어를 더 이상 쓸 수 없음을 깨달았지만
일상에 스며든 여러 감정들이 자꾸만 상기되어
너를 한 번에 지워버릴 수 없다.

객관적 시점의 사랑이 가능하다면—

내 사랑 이야기일 때는
참 아무것도 안 보여.

"야,
그 사람 너 사랑하는 거 아니야.
자꾸 연락 기다리게 하고
네 기분보단 제 기분 챙기는 게 일이라고.
바쁘다는 말은 달고 살면서
보고 싶단 말을 덤덤히 듣고
자꾸 불안하게 한다며.
딱 봐도 너 사랑하는 거 아닌데
왜 계속 만나? 그만 만나."

친구에게 하는 말들을
녹음할 걸 그랬나 싶었다.
친구의 연애가 순탄치 않음을
이리도 냉정하게 말하는 나인데
괴로웠던 나의 연애는 왜 그리 질질 끌었던 건지.

이렇게 살짝 떨어져 보면 훤히 보이는 결말이
내 이야기였을 땐 코앞의 감정만을 따지며
바보같이 나아지길 기다리고 있었다니.
그때의 내가 이 말을 들었으면
정신 차리지 않았을까 싶다.

일회용 고무줄 —

한 묶음에 고무줄이 100개는 들어있을 거다.
한 번 묶으면 녹아 없어지는 것도 아닌데
내 고무줄은 왜 자꾸 일회용이 될까?
이번에 산 고무줄은 잘 챙겨보리라 다짐해도
어느새 또 한 묶음 사고 있는 나를 발견한다.

이렇게 쉽게 잃어버리는 고무줄이라면
고무줄과 너에 대한 기억을 바꿨으면 좋겠다.

더
이상
당신이
없어—

하루 종일 손에 꼭 쥐고 있던 휴대폰에서
당신 하나 지웠을 뿐인데
더 이상 쓸모가 없는 양 방구석에 버려두고 있다.

앨범에 한가득 있던 사진을 시작으로
당신의 연락처까지 지우고 나니
정전이 난 듯 머릿속이 깜깜해졌다.
언제나 내 마음이 비치던 곳을 지워버렸다는 건
생각보다 훨씬 더 공허한 느낌이었다.

더 이상 벨 소리와 함께
잔망스러운 애칭이 화면에 뜰 일은 없다.
사진첩에 한가득 도배되었던 당신도 없다.
잠이 오지 않는 밤에 읽을
당신과의 달콤한 메시지도 없다.

내 휴대폰에 있던 당신 하나 지웠을 뿐인데,
더 이상 휴대폰을 손에 쥐고 있을 이유가
하나도 없어졌다.
방 한구석에 버려두고 보지 않는다.
기대할 게 아무것도 없다는 듯이.

너의 차가움을 공유하고 싶다—

너의 따뜻함만을 알고 다가오는 이들에게
너의 차가움을 알리고 싶다.

적당히 먼 거리에서는 따뜻하기 그지없지만
가까이 다가갈수록 한없이 차가워지는
그 아이러니한 느낌을 말해주고 싶다.

많은 이들에게 보이는 온도만큼도 못했던
나 하나에 대한 그 미적지근한 마음을,
그 쓸쓸함을, 그 비참함을 말해주고 싶다.

계절이 갑자기 바뀌면—

가을이 오나 싶어 긴 소매를 꺼내 입었는데
내가 기억하는 가을 온도가 아니었다.

아직 여름 껍데기를 못 벗었나 싶은 저번 주였는데
가을을 건너뛰어 겨울 문턱까지 와버렸나 싶은
이번주가 왔다.

갑자기 달라진 계절에 어떤 옷을 입어야 할지 몰라
옷장 앞에서 한참을 서성이고 있다.

너의 부재로 갑자기 달라진 나의 오늘을
어떻게 보내야 하는지 하나도 모르겠는 것처럼.
너 없던 나의 하루를
어떻게 보냈는지 모르겠는 것처럼.

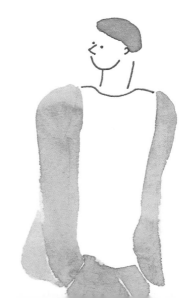

내가 당신에게 쏟은 사랑은
거의 내 전부라고 할 만큼이었어.

'그러니 후회하지 않아.'

너의 나쁜 점

너는
둥글고 낮은 코가 참 못생겼고
달고 짠 과자를 너무 많이 먹었고
몸에 열이 많아 여름의 시간이 늘 더웠고
다리가 길어 보폭이 맞지 않았고
가끔 옷에 땀 냄새가 베어 있었고
코 고는 소리가 커서 나의 단잠을 깨웠고
바쁨을 핑계로 책을 읽지 않았다.

너는 참 별로였다.

구차한 행동이지만
좋은 기억들은 꽁꽁 싸매도
기어코 새어 나와 그리움을 증폭시키니까.
나쁜 기억을 떠올리면 좀 나아질까
이렇게 너의 나쁜 점을 애써 생각하고 있다.
사실은 아무렇지 않았던 점을 애써 떠올리고 있다.

어쩔 수 없는 마음

생각이 나면 생각하고
눈물이 나면 울고
화가 나면 화내고
그리우면 그리워하고.

그렇게 너를 떠올리다
다시 연락하고 싶으면 연락하면 되는데….

나 혼자 이렇게 하는 건
내 마음대로 다 되는데
네 마음은 정말
내가 어떻게 할 수 없는 걸까?

너
의
타
임
라
인
—

너의 무소식이
나에게 희소식이었다.

아무런 게시물이 없는 너의 타임라인이 보기 좋았다.
그 공백만큼 네가 나를 잊지 못하고 있는 것 같아
안심이 되었다.

그렇게 고요하던 너의 타임라인에
너무도 아무렇지 않은 일상들이 올라오기 시작한다.
내가 없는 너의 시간에 큰 어려움이 없는 듯
나와의 시간이 하나도 기억나지 않는 사람처럼
너무도 평범한 사진들이 올라오기 시작한다.

마음이 아프다.

나는 너를 빨리 잊고 싶지만
너는 나를 가능한 오래 그리워하길 바랐는데
너는 나를 가능한 오래 기억하길 바랐는데
너의 무소식이 참 그런 것처럼 보였는데….

부
질
없
는
　생
각
—

상처는 저 깊이 넣어 보이지 않게 덮고
그리워하는 날이 손에 꼽을 만큼 줄었을 때
너에게 보고 싶다는 연락이 왔다.

기분이 나쁘지 않았다.

'너를 만나면
사실 나를 계속 그리워했다는 진부한 말을 들으며
흔들리는 눈동자를 내게 고정시키고
나를 등졌던 너의 몸 한구석 한구석이
온통 내게 집중되는 시간에 희열을 느낄 수 있을까'
하는 생각이 들었다.
그런 느낌으로라도 지난 외로움을 보상받을까 싶었다.

그렇게 만남을 이어
언제라도 너를 버리고 혼자가 되어도
아무렇지 않을 수 있는
갑의 연애나 해볼까 싶은 생각이 들었다.

애태우지 않는 쉬운 연애나 해볼까 싶은
생각이 들었다.

기
승
전
이
별
—

우리 얘기를 되짚어 본다고
네가 돌아오는 것도 아닌데
나는 여전히 널 생각하고
네 얘기만 한다.

친구에게
어제 본 영화 이야기를 꺼냈다.
온종일 날 괴롭히던 사수 이야기를 꺼냈다.
어떤 운동을 시작할까 이야기를 꺼냈다.
요즘 참 예쁘다던 카페 이야기를 꺼냈다.
갑자기 추워진 날씨 이야기를 꺼냈다.

그렇게 애써 다른 주제를 끄집어냈는데
왜 자꾸 네 얘기로 이어지는 걸까?
머릿속에 온통 네 생각뿐이니
이러는 게 당연한 건가?

그런데, 그런데를 반복하며
우리의 시간을 자꾸만 되짚어본다.

그래도 달라질 게 하나도 없다는 걸 알지만
말을 하려면 생각을 해야 하고
생각을 하면 네 생각밖에 나질 않아서
자꾸만 우리 이별 얘기를 꺼내고 있다.

연애 블라인드 포인트 ─

산에 오르다 맞닥뜨리는 모퉁이를 돌아
그곳에 좋은 것이 있을지
나쁜 것이 있을지 모르는 상태를
블라인드 포인트라고 한다.

내 지난 연애의 끝에서 맞닥뜨린 모퉁이를 돌면
그곳에는 드디어 행복이 기다리고 있을까?
아니면 또 다른 상처들이 기다리고 있을까?

내 연애의 블라인드 포인트가
걱정되기도, 기대되기도 해.

사 /

튼튼한 마음 찾기

매일의 사랑을 모아

내
인
생
의
L
i
k
e

Like라는 단어를 참 좋아한다.
'좋아하다'와 '~처럼'의 의미를 가진 Like.
좋아하는 것과 비유할 수 있는 것이 많으면
괜스레 삶이 풍족해지는 느낌이다.

좋아하는 곳
좋아하는 사람
좋아하는 냄새
좋아하는 것이 많으면
좋아할 일이 하루에도 수십 번이다.

가을 하늘처럼 파란
새벽녘 달빛 아래처럼 파란
추위에 떠는 입술처럼 파란
에러 난 컴퓨터 화면처럼 파란
비유할 수 있는 것이 많으면
더 세심하게 바라볼 것들이 천지다.

가끔 작은 포인트에 온 종일 웃느라
바보 취급을 당하지만,
멍하니 한 곳을 바라보다
본의 아니게 길 위의 장애물이 되지만,
이렇게 좋아하는 것과 비유할 수 있는 것이 많으면
괜스레 삶이 풍족해지는 느낌이다.

내 인생의 Like를 늘리자!

모든 비행기는 구름에 흔적을 남긴다—

2층 버스 맨 앞자리를 차지하고 하늘을 올려다보니
구름에 비행기가 지나간 자리가 남아있다.

'뭉게뭉게 잡히지도 않는 구름에
저렇게 선명히 흔적을 남기는구나'하는 생각과 함께
내 머릿속에 쌓여있는 추억들을 되짚어본다.
다시 생각해봐도 잘했다며
미소가 지어지는 일이 있는 반면
왜 그랬을까 기억을 타고 달려가서
뜯어말리고 싶은 일도 있다.

'이미 지나가 잡히지도 않는 시간인데
내 머릿속에 이렇게 선명히 흔적을 남기는구나.'

내가 기억하는 모든 것들은
전적으로 나 중심의 주관적인 관점과 감정일 것이다.
이렇게 지워지지 않고
선명한 흔적을 남기는 게 추억이라면
더 태연하고 아름답게
더 성숙하고 센스 있게 대처하는 사람이 되자.
되돌아보는 추억들이
좁지 않고 다양할 수 있는 사람이 되자.

세상에 흔적 없이 사라지는 것은 없을 거야.
모든 시간이 추억으로 남는다면
이왕이면 아름답게!

기록적인 하루를 살자.
어제를 갱신한 '기록적인' 오늘을 발견하고
그것에 대한 생각을 '기록하는' 삶을 살자.

어떻게 매번 출근길이 다이내믹할 수 있고
데이트가 새로울 수 있고
대화의 주제가 다양할 수 있을까?
늘 비슷한 게 당연하다.
내가 바꿀 수 있는 건 나 자신뿐!

출근길, 느닷없이 옆길로 샜다가
길을 잃어 새로운 까페 하나를 발견했던 하루.
데이트 날, 그보다 훨씬 일찍 나와 기다리며
관대한 여자친구인 척 행세했던 하루.
대화 중 문득 친구의 작은 장점을 발견해
그것이 좋다며 말해줬던 하루.

순간순간 생각만 했을 뿐 행동하지 않았던
작은 충동들을 슬며시 밖으로 꺼내보았다.

조금 달라진 나의 행동으로
조금 달라진 하루를 보내고
조금 달라진 생각을 하니
놓치고 있던 작은 것들에 대한 감각이 예민해져
크게 달라진 생활과 생각을 하는 내가 있었다.

바꿀 수 있는 건 나 자신뿐—

칭
찬
이

고
프
다
ㅡ

나이가 들수록 주변의 소소한 칭찬이 사라진다.
누군가는 호감을 사기 위해 그것을 이용하고
누군가는 형식적인 그것에 오해를 해버리니까.

어렸을 때는 쉽게 받았던 칭찬이
가장 어렵고 그리운 요즘이다.

내가 가는 길 —

나보다 많은 세월을 보낸 사람과의 대화에는
대부분 내 앞길을 위한 이야기가 들어있다.

그래서 우선 잘 듣는다.

잘 듣는다는 것은 말 그대로
귀로 잘 듣는다는 것이다.

조언을 해주는 것은 말하는 이의 마음이지만
그것을 받아들이는 것은 듣는 이의 마음이다.

귀로 듣느냐
마음에 담느냐는
듣는 이가 결정할 일이다.

부족하고 어설플진 몰라도
내 나름의, 나만의 길은
다른 사람이 아닌
나 스스로 닦아왔기 때문이다.

누군가의 성공 길은
'그 사람'의 성공 길이지
모두를 위한 지름길이 아니다.

내 마음대로 할 수 있는 게
세상에 하나쯤 있다면
그게 바로 내 인생이 되어야 하지 않을까.

덩치가 큰 것도 아니고
힘이 센 것도 아니고
심지어 형태가 있는 것도 아닌데
어찌 그렇게 내 걸음을 꽉 붙잡는지.

걱정, 너 말이야!

신중함과 비겁함의 경계는 어딜까?
고민을 끝내고 무언가를 시작할
적당한 시기는 언제일까?
일단 시작한다는 건 무모함일까, 용감함일까?

문득 머릿속에 쌓인 걱정의 무게가
가벼이 떼려는 첫 발걸음을 힘겹게 할 때가 있다.
앞으로 나아간 것도
가만히 멈춘 것도 아닌
애매한 자세에서 잔뜩 불편함을 느끼는 순간.

당연히 선택의 좋고 나쁨은 저기 맨 끝
결과로서 알 수 있겠지만,
일단 움직여야 그 결과라도 얻는 걸 잘 알지만,

시작의 기로에서 늘
모래주머니 같은 걱정들이 발목을 붙잡는 건
매한가지다.

취
미
가

별
건
가
요
ㅡ

취미가 별건가?
그걸 말할 때 행복하면
그게 취미지.

책 읽기든, 잠자기든.

언제부터 취미를 치장해야 했던 거지?

민망한 표정으로 '취미가 없어요'라고 대답하는 것이
'나를 행복하게 하는 행동을 하지 않아요' 라는
말이라면 좀 창피할 수 있겠지만,

듣는 사람에게 대단해 보이지 않고
나를 한껏 내세울 행동이 아니라는 이유로
취미가 없다고 하는 거라면,
그래서 자신을 자책하고 있다면
이상한 생각은 접어두고
이렇게 한 번 이해해보면 좋겠다.

취미는
누구에게 평가받을 이유가 없고
잘하고 못하고의 기준도 없고
대단히 생산적일 필요도 없다고.

그저 즐기는 것이라고.

2
층
이

좋
다
─

높은 층에 살 때 집 주변의 풍경들을
멀찍이서 내려다보곤 했다.
그런데 나무도 사람도 자동차도 모두 작아 보여서인지
내 마음에 크게 자리하지 못했다.

지금 사는 집은 2층.
처음에는 창문 밖 산책하는 사람들이 너무 가까워
집안이 훤히 보일까 블라인드를 치고 살았고,
동네 아이들이 웃는 소리에 강아지가 짖어
창문도 꼭 닫고 살았다.

그렇게 이 집에서 살아온 지 8년째.
창문 밖 나무가 무성히 자라 적당히 가려주고
동네 아이들의 웃음소리에 짖는 강아지를 안아주며
그들이 노는 걸 함께 구경한다.

감나무에 열린 열매가 언제 주황색을 띠었는지
이삿집 차에 실린 피아노가
얼마나 아슬아슬하게 내려오는지 생생하게 보여서
주변의 모습이 내 마음에 크게 자리하는 것 같다.

주변의 것은 사람이든 사물이든
그 사이가 멀면 마음이 가지 않고
가까우면 마음이 갈 수밖에 없다.

사이가 좁혀질수록 다가오는 불편함을
참고 견디다 보면 조금씩 내가 그것에 맞춰지고
그것이 내게 맞춰지는 때가 있는 것 같다.

언제나 기억하자.
가까울수록 크고 든든한 그 마음자리를.

현재를 잘 살자 —

'더 나은'이라는 말을 위해 오늘도 열심이다.
'더 나은'은 말 그대로
현재는 분명히 아니며
다가올 미래가 되리란 보장도 없다.

가끔씩 그렇게 자신의 머릿속 이상을 위해
현재를 비판하고 불행하다 생각한다.
더 나은 상황, 더 나은 남자, 더 나은 내일….

그게 뭔지도 모르면서.

나이에 맞는 사람보다
나에게 맞는 사람 먼저 되기.

숫
자
1
의
불
치
병
—

한 해가 간다.

내 나이에 숫자 1이 더해질 뿐인데
내 마음의 1%도 채우지 못한 것 같은
헛헛함이 느껴지는 것은 왜일까?

내가 28살이 된 거지
28살에 맞춘 내가 따로 있는 건 아니잖아.

문득 외로운 마음

그것은 어둡고 깊은 곳에 있다.
존재하지만 손에 닿지 않아 통제할 수 없는 것이다.
가장 안쪽에 있어, 누구도 볼 수 없지만
누구나 쉽게 상처 줄 수 있는 약한 것이다.
불을 환히 밝히다가도 훅, 꺼질 수 있는 그런 것이다.

그것이 내 마음이다.

나는 언제 어른이 될까?

내가 번 돈으로 생활할 때?
혼자 큰 결정을 내렸을 때?
대단한 책임감을 가질 수 있을 때?

이런저런 경우를 생각해봤지만
이렇다 할 답을 찾지 못하다가
드디어 하나를 찾았다.

스스로를 칭찬할 수 있을 때!

내 기준을 믿고
그로 얻는 만족감의 크기를
다른 것과 재지 않을 때.

스스로 이 정도면 잘했다고 행복해할 수 있을 때.

자
존
감

지
키
기
—

포기도 선택의 일종이라 믿고
현실과 타협하며
상처받지 않기로 했다.

차선을 최선으로 만들어 버렸다.

꽃
다
발

자
판
기 ─

편해질수록 잃어버리는 게 없는지 살펴보기.

빌딩들이 우후죽순 서 있는 길에서
꽃을 뽑을 수 있는 자판기를 보았다.
유리 속 화려한 꽃다발에 혹해
한 다발 뽑아볼까 지갑을 꺼냈다 도로 넣었다.

꽃집으로 향하는 들뜬 발걸음.
문을 연 후 들이마시는 숨과 함께
한가득 느껴지는 꽃향기.
무슨 꽃이 좋을까 고민하는 행복한 결정 장애.
한 송이 한 송이가 멋들어진 포장지에 싸여
꽃 한 다발이 완성되는 모습.

꽃을 사는 행위 하나로 느낄 수 있는 이 많은 것들이
모두 사라지는 게 아닌가 생각이 들어서였다.

꽃이 내 손에 있다는 것보다
꽃을 사는 과정에서 다가오는 진한 느낌들이
더 소중한 요즘이다.

마음 탄력이 부족해

나이가 들수록 피부 탄력이 줄어든 탓에
간밤에 벤 베개 자국이 오후까지 간다.
그런데, 줄어드는 건 그뿐만이 아닌 것 같다.
피부와 비례하게 마음 탄력도
점점 약해지는 게 느껴지는 요즘이다.

지나간 일들에 패여 생긴 상처에
새살이 올라오지 않고
오히려 상처만 늘어간다.
상처 자국이 하나라도 더 생길까 두려워
지레 겁먹고 시작하지 않는 일들이 많아지고 있다.

피부는 좋은 성분 가득한
크림으로 지킬 수 있다지만
마음은 도통 어떤 것으로 지켜내야 하는지 모르겠다.

지난 일들이 남긴 마음의 상처 자국이
도통 회복되지 않는 요즘이다.

마음 탄력이 부족해!

내 코인 티슈에 물을 주지 마세요—

틈 없이 견고하게 잘 다져진 형태,
불투명하고 단단해 보이는 느낌을 가진 코인 티슈.

아프고 초라한 마음을 끝까지 쥐어짜
애써 건조해놓은 듯한 모습이 지금 나와 꼭 닮았다.

불안하지만 확실한 척,
겁먹었지만 자신 있는 척,
흔들리지만 거침없는 척.

날 작게 만드는 부정적인 생각들을
마음 한구석에 모아놓고
절대 마주하지 않으리라 다짐하고 또 다짐하고 있다.

이런 내게 힘을 준답시고 던지는 당신의 위로에
덤덤하게 잘 묻어두었던
내 마음 구석 자리의 작은 초라함이
눈물에 젖어 크게 부풀어진다.

받고 싶지 않은 위로가 가끔 더 상처가 된다.

사
람
다
운

자
기
소
개

1분의 제한시간이 없을 때 다시 얘기해요.
다른 목적이 더 크지 않을 때 다시 얘기해요.
엄격한 눈빛이 필요 없을 때 다시 얘기해요.
호기심이 일방적이지 않을 때 다시 얘기해요.

서로에게 궁금한 걸 하나씩 던지면서
대답에 꼬리를 물고 생각나는 말을 하고
그렇게 나오는 말 하나하나로
은은하게 각자를 알아챌 수 있는 대화를 해요.

그게 가장 사람답게
사람을 알아가는 방법 같아요.

무방비한 순간의 표정이 늘 예쁘길—

화장실에서 손 씻다 쳐다본 내 얼굴.
길을 걸어가다 유리창에 비친 내 얼굴.
작업을 하던 중 모니터에 비친 내 얼굴.

신경 쓰지 않은 순간에
무심코 바라본 내 표정에는
방금의 감정이 들어가 있다.

이렇다 할 아이디어가 생각나지 않을 때에는
미간의 근육이 살짝 긴장되어 있고,
당신과의 바보 같은 문자 중에는
입꼬리가 살짝 올라가 있고,
아무 생각 없이 멍 때리던 중에는
눈이 추욱 풀려 반쯤 감겨있다.

그중 제일 마음에 들었던 표정은
기분이 좋을 때 봤던 잔뜩 들뜬 얼굴.

무심코 바라본 유리창에 비친 내 표정이
예쁜 날이 많길.
늘 그런 일이 많길.

그냥 넘어가는 법이 많다 ─

무언가 다른 점에 꼭 물음표를 찍고 나서야
넘어갈 수 있었다.
이유를 들어본 후에도 이해가 가지 않을 때,
그제야 '나와 참 다르구나'하며 넘어갈 수 있었다.

그랬던 내가 요즘은
'그럴 수도 있지'라는 한마디로
그냥 넘어가는 일이 많아지고 있다.
이유를 묻지 않고
최소한의 호기심도 갖지 않은 채
넘어가고 있다.

다름의 종류를 너무 많이 알게 되어서일까?
관심이 무뎌져 주변 시야가 좁아진 걸까?
바쁨을 핑계로 나만 보려 하는 걸까?

그냥 이렇게 계속 무심하게 넘어가도 괜찮은 걸까?

'그럴 수도 있지'
라는 생각이 긍정의 주문인지
무관심의 주문인지 헷갈리는 요즘이다.

저는 억울하지 않습니다만—

바보같이 왜 화를 안 내냐고 묻는다면
'그냥, 그게 내 마음이 편한 방법이라서'가 답이다.

너는 화내야 풀리지만 나는 화내면 더 불편하거든.

"바보같이 왜 화를 안 내?"

그렇게 크게 불편한 점이 없어서요.
화내고 생색내는 일에 익숙지 않아서요.
참는 게 아니라 대수롭지 않아서요.
이게 제 마음이 편한 방법이라서요.

당신은 화내야 풀릴 수 있겠지만
저는 화내면 더 불편해서요.

그냥 좀 가만히 있을게요.

입
꼬
리
의

높
이
를

의
식
하
자
—

내 입꼬리가 올라가 있는 만큼
듣는 사람의 기분도 좋아진다는 것.

알면서도 하지 못해 매일 뒤돌아 후회하는 것.

눈을 또렷이 맞추고
입꼬리를 한껏 올려
대화가 반갑다는 느낌을 전하는 사람이 있다.

'저 사람이 나를 좋게 생각하는구나'라는 생각이 들어
호의의 문을 슬며시 열어두게 만드는 사람 말이다.

반면
아무런 표정 없이 시선만 맞추고 말하는 사람이 있다.
'내가 무슨 잘못을 했나'라는 생각이 들게 만드는 사람.

무엇이 좋고 무엇이 나쁜지
이렇게 뚜렷하게 알면서
여전히 대화가 끝나면 후회할 때가 많다.

순간의 미소를 띠는 것만으로도
조금 더 기쁜 대화를 나눌 수 있었을 텐데….

걱정도 닳나?

걱정을 담는 마음 부위가 커진 걸까?
걱정이 시간에 닳아 작아진 걸까?

지나고 보면 참 아무것도 아닌데 말이다.

차
례
가

없
는

책 —

당장은 뒤죽박죽으로 느껴질 수 있어도
별 계획 없이 사는 것이 아닐까 생각이 들어도
너무 충동적으로 선택하는 게 아닐까 싶어도

결국에는 그것들이 하나의 결과를 낳고
그 결과가 쌓여 지금 이렇게 살고 있는 걸 보면
인생에는 차례가 없어도 꽤 괜찮겠다는 생각이 들었다.

그중 어느 한 구절이 나를 끌어당겨 재미를 느꼈다면
그것 또한 꽤나 성공적인 시간들이었을 테니까.

차례가 없어 전체를 가늠하지 못하더라도
어느 한 구절이 나를 끌어당겨 책을 집을 수도 있는 거 아닌가.

세상에는 계획대로 되지 않는 게 더 많으니까.

불
행
의

마
음
자
리 ─

가만 보면 사람들은
행복한 경험에 '나도 그래'라는 대답을 바라기보다
불행한 경험에 '나도 그래'라는 대답을 원하는 것 같다.

행복한 경험은 그 자체로 마음을 가득 채워줘서
다른 이의 이야기는 들어올 자리가 없는 건가?

불행한 경험은 그 자체로 마음이 텅 비워져서
다른 이의 이야기로 채워야 할 자리가 많은 건가?

힘들 때 나누는 너와의 대화 몇 마디로
허했던 마음이 든든히 채워진다.

'나도 그래'라는 한마디가
불행으로 허해진 내 마음을 따뜻하게 채워준다.

'나도 그래.'

헛눈으로 책을 읽을 때가 있다.

눈은 글씨를 따라 내려오는데
페이지를 넘기고 정신을 차려보면
내용이 머리에 남지 않았다는 걸 알아챈다.

어쩌다 돌아보는 하루가 딱 그럴 때가 있다.
그날 만난 사람, 먹은 밥, 했던 일들이 분명 있는데
별달리 머리에 남는 기억이 없는 날.

마음이 온종일 다른 데 가 있었나?
너무 무관심한 하루를 보낸 건가?

매일매일을 특별하고 다른 기억으로
채울 수 없다는 건 알지만,
너무 자주 이런 하루를 보내면 안 될 것 같은 느낌이다.

혼자여도 되는 시간 —

요즘 우리 너무 연결되어 있는 거 같아.

용감하게 홀로 여행을 떠나도
씩씩하게 혼밥 혼술 혼영을 해도
심심하게 혼자 집에 있는 날에도
그 순간을 사진으로 공유하며
오롯이 혼자임을 거부하려는 거 같아.

휴대폰 하나만 켜면 수많은 선들이
너무도 쉽게 연결되어서 그런 걸까?
가끔은 정말 혼자여도 괜찮은 시간마저
소통하고 있지 않음에 외로움을 느끼는 거 같아.

그래서 어쩔 때는 그리워.
직접 통화하지 않으면 안부를 물을 수 없었던 시절이.
누군가와 연결되지 않은 혼자의 시간을 보내다
직접 만나거나 목소리를 들으며 즐거워하던 시절이.
그 양쪽을 충분히 즐기던 시절이.

지나친 연결이 오히려
외로움을 더 키우는 것 같아.

한결같지 않은 내가 좋다 —

벚꽃이 바람에 휘날리는 모습을
3월의 봄눈이라며 가만히 감상하기도,
저렇게 빨리 시간이 사라지는 거라며
안타까워하기도 한다.

달력을 한 장 넘기며 새로운 달에
한칸 한칸 약속들이
가득 찬 것에 뿌듯해하기도,
아무 약속 없음에 마음 편해하기도 한다.

지인들과의 약속 자리에서
다른 사람 행동 하나하나에 눈치를 보기도,
오직 나만을 생각하기도 한다.

말을 바꾸거나 성격이 변하는 것이 아니다.

나는 그저
이럴 때도 있고 저럴 때도 있을 뿐이다.
그렇게 한결같지 않은 내가 좋다.

말을 바꾸거나
성격이 변한 것이 아니다.

그저 이럴 때도 있고 저럴 때도 있을 뿐.

KI신서 7405

사랑이 아닌 순간이 있을까

1판 1쇄 인쇄 2018년 4월 12일
1판 1쇄 발행 2018년 4월 23일

지은이 수수하다 (글 김수혜, 그림 양수진)
펴낸이 김영곤   펴낸곳 (주)북이십일 21세기북스
실용출판팀장 김수연   책임편집 이보람
디자인 elephantswimming
출판영업팀 최상호 한충희 권오권
출판마케팅팀 김홍선 최성환 배상현 이정인 신혜진 김선영 나은경
홍보기획팀 이혜연 최수아 김미임 박혜림 문소라 전효은 염진아 김선아
제휴팀 류승은   제작팀 이영민

출판등록 2000년 5월 6일 제406-2003-061호
주소 (10881) 경기도 파주시 회동길 201(문발동)
대표전화 031-955-2100 팩스 031-955-2151   이메일 book21@book21.co.kr

(주)북이십일 경계를 허무는 콘텐츠 리더

21세기북스 채널에서 도서 정보와 다양한 영상자료, 이벤트를 만나세요!
장강명, 요조가 진행하는 팟캐스트 말랑한 책 수다 <책, 이게 뭐라고>
페이스북 facebook.com/21cbooks   블로그 b.book21.com
인스타그램 instagram.com/book_twentyone   홈페이지 www.book21.com

ISBN 978-89-509-7452-7 03810